Rechtschreibung light

W. Gerresheim

Rechtschreibung Light

eine selektive Rechtschreibung

Eine Zusammenfassung und
strukturelle Gliederung der
Worte des Schriftdeutschen,
die eine besondere
Schreibweise aufweisen.

Zum Nachschlagen und Lernen
mit selbstzuführender Statistik
über die eigenen Rechtschreibefehler.

Inhaltsverzeichnis

Liebe Leserinnen, liebe Leser !

Nie war das Interesse an den Prinzipien
der Rechtschreibung größer als heute,
in den Zeiten der Rechtschreibreform.
Egal, wie die Entscheidungen über die
Schreibweisen auch ausgehen mögen, es
wird weiterhin falsch geschrieben werden
und man selber will es nicht sein,
der die richtige Schreibweise nicht kennt.
Darum hier eine neuer Einstieg in die
Rechtschreibung, komprimiert und wirkungsvoll.
Er bietet neue Impulse und stellt zugleich
ein kompaktes Nachschlagewerk dar.
Ein Problem bei der Rechtschreibung erweist sich
als besonders beharrlich: derselbe Fehler wird
immer wieder gemacht.

Das Buch ist nach den besonderen
Schreibweisen der Worte der
deutschen Sprache hin aufgeschlüsselt,
im wesentlichen sind das:

1.:   Doppelbuchstaben
2.:   Dehnungs - h -
3.:   Lautwandlungsähnlichkeiten

Bei einem Zweifelsfall einer Schreibweise schaut man in dem für diese Besonderheit extra geführten Bereich des Buches nach. Wird das Wort in dieser Effektschreibweise geschrieben, ist es dort aufgeführt, schreibt man es in der Einfachversion, ist es dort nicht aufgeführt.

Eine vom Lernenden selbst angefügte statistische Zählung zeigt, wie oft er hier einen Effektübertrag vermutet hat:

1. Beispiel: "kaputt": doppeltes "tt" ist richtig
               (das Wort ist im Buch aufgeführt)
k
k   selbst geführte Strichliste :
kaputt   1,2,3,.. (3 mal im Laufe der Zeit)
Karotte
k
k

---

2. Beispiel: "gesamt": einfaches "m" ist richtig
               (nicht im Buch aufgeführt)
g
g
g   Selbsteintrag und Strichliste
Gammler   *gesamt* : 1,2,......(Anzahl)
Glimmer
g
g
g
g

Dadurch wird das Buch für beide Richtungen der Rechtschreibevermutung berichtigungsfähig.
Der Schüler trägt nach einem Diktat seine Fehler ein und erkennt nach einem Schuljahr seinen Lernerfolg. Er weiß, sich seine Problemworte vorzunehmen und ihre richtige Schreibweise zu festigen.
Weitere nützliche Information bietet auch die Kenntnis darüber, wie viele Worte in den einzelnen Kategorien Schwierigkeiten zu machen drohen; es ist immer gut, wenn man weiß, mit wie vielen Gegnern man es zu tun hat.

Der Autor wünscht damit viel Erfolg
und etwas ?? Vergnügen beim Lernen.

Wegen des etwas experimentellen Charakters des Buches kann ich leider auch keine Garantie übernehmen, dass auch alle Worte erfasst worden sind .Finden Sie eines ,das nicht enthalten ist, schicken Sie mir bitte eine E-Mail :
Wgerresheim@t-online.de

freundlichst

Ihr Autor

Doppellettern mit geringer Wortanzahl

aa bb dd gg...
hh,ii,kk,oo,uu,zz

DOPPEL- LETTERN allgemein

ee
ff
ll
mm
nn
pp
rr
ss
tt
ß

BESONDERE LAUTFORMEN

ä
ai
ck
dt
ie
ou
pf
qu
tz
y

DEHNUNGS - h -

ah,äh
eh
ih,ieh
oh,öh
uh,üh
th,ph

aa bb gg...

Beginn **aa, bb, dd, gg,**

Aal
Aas
behaart
Haar
Paar
Saal **aa**
Saat
Staat
verstaatlichen
Waage

Abbruch
bibbern
dribbeln
Ebbe
Hobby
kabbeln
Kibbuz
knabbern **bb**
krabbeln
kribbeln
Lobby
sabbeln
schrubben
schwabbelig
strubbelig
vererbbar

aa bb gg. dd,hh

addieren
Buddha
Buddhismus
Paddel **dd**
Teddybär
Widder
Wilddieb

Aggregat
Aggression
Bagger
Bulldoggen
Dogge **gg**
Egge
Flagge
meschugge
Roggen
schmuggeln

durchhalten
Eichhörnchen
Fischhändler
Gleichheit
Nachher **hh**
Rohheit
Weichheit
Ziehharmonika

variieren **ii**

aa bb gg...

akklimatisieren
Akkordarbeit
Akkordeon
akkreditieren
Akkusativ
Marokko
Mekka   **kk**
Mokka
Okkultismus
Stukkateur, neu: Stuckateur
zurückkehren

Boot
Brooklyn
doof
Hausboot   **oo**
Kooperation
Koordinaten
Moor
Moos
Pool
Zoo
zoomen

Trauung
Vakuum

uu

**aa bb gg.
dd,hh
ee**

Intermezzi
Razzia
Skizze

zz

Ende: **aa,bb,dd,gg,**

Beginn   **ee**

Allee
Armee
Azalee
beehren
beeilen
beeindrucken
beeinträchtigen
Beelzebub
beenden
beerdigen
Beere
Chaussee
Cheeseburger
entleeren

ee

Fee
Frisbee
Galeere
geeignet
Gelee
Heere
Idee
Jeep
Kaffee
Kakteen
Klee
Klischee
leer
Lorbeeren
Meer
Meerrettich
Moschee
Orchidee
Püree
Reeder
Schnee
See
Seehund
Seele
Seeleute
Seen
Speer
Tee
teeren
Tweed
verheerend

Ende   **ee**

Beginn **ff**

Affe
Affekt
Angriff
auffallen
auffangen
auffinden
Begriff
Beschaffenheit
besoffen
betreffen
bluffen
Büffel
Büffet
chiffrieren
differenzieren
Diffusionen
effektiv
Eingriff
Esslöffel
gaffen
getroffen
Giraffen
Griff
Hoffnung
Kaffee
Karaffe
Kartoffel
kläffen
Kniff
Koeffizient
Koffein

ff ■

ff

Koffer
Kohlenstoff
Löffel
Nährstoff
Neffe
offen, Offenheit
öffentlich
offiziell
Offizier
öffnen
paffen
Paraffine
Pfeffer
Pfefferminze
puffen
Raffinerie
Sauerstoff
Schadstoff
schaffen
Scheffel
Schiff
schlaff
Schlaraffenland
Schliff
schnüffeln
Schraffierung
schroff
Souffleur
Staffelei
Stoff
straff
Treffen
Trüffel
verblüffen

versoffen
Vortrefflichkeit
Waffe
Waffel
Wasserstoff
Ziffer
Zugriff
Zutreffen

II ∎

Ende   **ff**

Beginn   **ll**

Abfall
abstellen
Achillessehne
aktuell
alle
Allee
allegorisch
allein
Allergie
alles
allgemein
Allianzen
allmächtig
allmählich
Allrounder
alltäglich

allwissend
allzu
Ampulle
Anfall
Angestellter
appellieren
Aquarell
Artillerie
auffallen
auffüllen
Aufstellung
Ausfall
ausstellen
Bagatellen
Ball
Ballade
Ballast
Ballen
Ballett
Ballistik
Ballon
Ballspieler
Ballungsgebiet
Baseball
Basketball
Bataillon
baufällig
befallen
behelligend
Beifall
bellen
Bereitwilligkeit
bestellen
Bestseller

bevollmächtigt
bewilligen
Billard
Billiarde
billig
Bimetall
Bisexuelle
Bollwerk
Bordell
brillant
Brille
brüllen
Bulldoggen
Bulle
Cello
Cellophan
Collagen
College
Darsteller
Dauerwellen
Destillat
detailliert
Drilling
drollig
Duell
Durchfall
ebenfalls
Einfall
Einstellung
emailliert
enthüllen
erfüllen
Exzellenz
Fall

II

Fell
Fellachen
feststellen
finanziell
Flanell
Forelle
freiwillig
Fülle
Fußball
Galle
gallertartig
Gallone
Gefallen
gefällig
Geröll
Geselle
Gesellschaft
Gestell
gramerfüllt
grell
Grill
Guillotinen
Gürtellinie
Halle
Hallo
Halluzination
Hauptdarsteller
hell
Helligkeit
herstellen
hinfallen
Holländer
Hölle
Holzfäller

homosexuell
Hülle
idyllisch
illegal
Illusion
Illustrierte
inoffiziell
Installateur
intellektuell
intelligent
Intervall
Jolle
Kamille
Kapelle
Kapillar
Karamell
Karavelle
Kardanwelle
Kartell
Karussell
Kavallerist
Keller
Kellnerin
Killer
Knall
Knolle
Kollaborateur
Kollege
kollektiv
kollidieren
Kollision
kommerziell
Kontrolle
konventionell

Koralle
Kralle
Kristall
kulturell
kyrillisch
Libelle
lullen
Machiavelli
makellos
manuell
Marschall
maschinell
materiell
Medaille
Metall
metallen
Metallurgie
Mikrowelle
Milliarden
Millionär
Mißbilligung, neu: Missbilligung
mißfallen, neu: missfallen
mittellos
mollig
mutwillig
Nachtigall
nominell
Notfall
Null
offiziell
Oszillator
Parallaxe
Parallele
Parzelle

pastellfarben
Pastille
Patrouille
Pavillon
Phallus
Pille
Porzellan
potentiell
prallen
Präzedenzfall
Prellung
Protokoll
Pullover
Qualle
Quelle
Rebell
Rille
Rituell
Rolle
Roller
Rückfall
Satellit
Saustall
Schall
Schausteller
Schellack
schillern
Schilling
schmollen
Schnallen
schnell
Schnelligkeit
Scholle
Schrapnell

II

schrill
schrullenhaft
Schullehrer
Schwelle
Sellerie

II sensationell
sequentiell
Solarzelle
soll
Stall
Stelle
Stellung
Stellvertreter
Sterbefall
stiellos
still
Stille
strukturell
Syllogismen
tabellarisch
Tabelle
Taille
Teller
Thriller
Todesfalle
toll
trällern
trollen
Tüll
überall
Überfall
Ultraschall
Umstellung
Unfall

unwillig
Vanille
Vasallen
Verallgemeinerung
verbilligen
verfallen
vergällen
verhüllen
Vervollkommnung
verzollen
vielleicht
Villa
visuell
voll
vollenden
Völlerei
völlig
vollständig
vollziehen
Vorfälle
Vorstellung
wahllos
Wall
Welle
Wellensittiche
wellig
Weltall
wertvoll
widerhallen
widerwillig
wiederherstellen
wiederum
Willen
willfährig

II

willig
willkommen
Willkür
Wolle
wollen
Wollust
Zelle

mmziellos

Zitadelle
Zoll
Zufall
zufällig
zügellos
Zwerchfell
Zwillinge

Ende   <u>**ll**</u>

Beginn   <u>**mm**</u>

abstammen
Amme
Ammoniak
Anagramm
ankommen
asymmetrisch
ausgenommen
Beklemmung
bekommen
bekümmern

bestimmen
brummen
bummeln
Damm
Dämmerung
dumm
eindämmen
Einkommen
Flamme
flimmern
fromm
Gammler
Glimmer
Grammatik
Grammophon
grimmig
Gummi
Hammel
Hammer
hemmen
herkömmlich
Himmel
Hologramm
Hummel
Hummer
immanent
Immatrikulation
immer
Immunität
Jammer
Kamm
kämmen
Kammer
Kardiogramm

mm■

Kilogramm
Klammer
Klemme
Kommata
kommen
Kommentar
kommerziell

mm Kommissar

Kommode
kommunal
Kommunikation
Kommunion
Kommunismus
kommunizieren
krumm
krümmen
Kümmel
Kummer
Lamm
Lemming
Lümmel
Mammon
Mammut
Memme
Nummer, nummerieren
Pentagramm
Programm
Radiergummi
Rammen
Rommee (Kartenspiel)
Rummel
sammeln
Schimmel
Schimmer

Schlamm
Schlemmer
schlummern
Schwamm
Schwemmland
schwimmen
Sommer
Stamm
Stammgast
stämmig
stemmen
Stenogramm
Stimme
stimmen
stumm
summen
summieren
Symmetrie
Telegramm
Trommel
Trümmer
tummeln
umkommen
verdammen
Verkommenheit
verkümmern
vermummen
versammeln
verschwommen
verstimmen
verstümmeln
vollkommen
Vorkommnis
willkommen

mm

wimmeln
wimmern
Zimmer
zurechtkommen
zusammen
zustimmen

Ende **mm**

nn

Beginn **nn**

Abonnement
Abtrünnige
Aktennotiz
Annahme
annehmen
annektieren
Anno Domini
annullieren
anspannen
Antenne
bannen
Beginn
bekannt
bekennen
Bekenntnis
bemannt
Benennung
besinnen
Besonnenheit
bespannen
brennen

Brenner
Britannien
Brunnen
dann
dennoch
Dobermann
Donnerstag
Donnerwetter
dünn
Eigennutz
Eigensinn
Einnahme
entspannen
erinnern
erkennen
Erkenntnistheorie
ernennen
ersinnen
Finne
Finnland
gemeinnützig
geronnen
gespannt
Gewinn
Gönner
Henne
innen
Innenstadt
innerlich
Innewohnen
Innovation
Irrsinn
jedermann
Johannisbeere

nn ■

nn

Kannibale
Kaufmann
Kennen, Kenner
Kenntnis
Kinn
Mann
männlich
Mayonnaisen
nähern
Nenner
Nonnen
Persenning
Pfanne
Pfennig
Rennbahn
Rinne
Savanne
Scharfsinn
Sinn
sinnlich
sinnlos
Sodbrennen
Sonne
Sonntag
spannen
Spinnaker
Spinne
Stanniolpapier
Tanne
Tiefsinn
Tonne
trennen
Trennung
Tyrann

tyrannisieren
unannehmbar
unnötig
Unsinn
verbannen
verbrennen
verdünnen
Vergißmeinnicht, neu: Vergissmeinnicht
verkennen
Vorkenntnis
Vorspann
wahnsinnig
wann
Wanne
wenn
Wonne
Yvonne
Zertrennen
Zinnen
Zinnober

pp ■

Ende **nn**

Beginn **pp**

Apparate
Appartement
appellieren
Appetit
applaudieren
Applaus

pp

Attrappe
Depp
doppelt
einschnappen
Etappe
Flipper
foppen
Galopp
Geplapper
Gerippe
Gestrüpp
Grippe
Gruppen
Hippie
hippokratisch
hoppla
Kaulquappen
kippen
Klappe
Klapper
Klippe
knapp
Knüppel
koppeln
Krepp
Krippe
Krüppel
Kuppel
Kupplung
Lappen
Lippe
Mappe
Opportunist
Opposition

Pappe
Pappel
Philippinen
plappern
Puppe
Rippe
Schaluppe
scheppern
schlapp
schleppen
schnappen
schnippeln
schnuppern
Schoppen
Schuppe
schwappen
Sippe
Steppdecke
Sternschnuppe
Stopp
Stoppel
struppig
Suppe
tappen
Teppich
Tippfehler
Trapper
Treppe
Tripper
Truppe
unappetitlich
üppig
verdoppeln
verkrüppeln

pp

Wappen
wippen
zappeln
Zeppelin

Ende   **pp**

rr

Beginn   **rr**

anstarren
arrangieren
Arrest
arrogant
Barracuda
Barren
Barrieren
Barrikade
beharren
bizarr
dörren
Dürre
einsperren
erregen
erreichen
Erretter
Erstarrung
Fahrrad
Ferrit
Geklirr

Geschirr
Gitarre
glorreich
Gutsherr
Hämorrhoiden
Herr
herrlich
Herrschaft
herrschen
hervorrufen
Hörrohr
irrational
irreführend
irrelevant
irren
Irrenarzt
irreversibel
Irrfahrt
irritieren
Irrsinn
Irrtum
Kaiserreich
Karren
Karriere
Katarrh
klirren
knarren
knurren
Konkurrent
korrekt
Korrektur
Korrespondenz
Korridor
korrigieren

rr ■

rr

Korrosion
Korruption
Meerrettich
murren
Narren
Österreich
Pfarrer
scharren
schnorren
Schnurrbart
schwirren
Sparring
Sperre
starr
Surrealismus
surren
Terrasse
Terrier
territorial
terrorisieren
überraschen
Unterredung
Unterricht
verherrlichen
verirren
vernarren
Verrat
verrechnen
verreisen
verrückt
verwirren
Vorrang
Vorrat
Vorrecht

Vorrunde
Widerruf
wirr
zerreißen
zerren
Zierrat (Zierde)
Zirrhose
Zurren

Ende **rr**

ss ■

Beginn **ss**

Abessinien
Ablass, bisher: Ablaß
Abszisse
Achillessehne
Aderlass
Adressbuch, bisher: Adreßbuch
Adresse
Aggression
allwissend
Amboss, bisher: Amboß
angemessen
Anlass
anpassen
ansässig
Asse
Assessor

Assimilation
assoziativ
Assyrer
Aufguss, bisher: Aufguß
aufsässig
auslassen
Aussage
Ausschnitt
Ausschuss, bisher: Ausschuß
Bass, bisher: Baß
Bässe
beeinflussen
ss bemessen
Beschluss
Beschuss, bisher: Beschuß
besessen
besser
bewusst, bisher: bewußt
Bimsstein
Biss, bisher: Biß
bisschen, bisher: bißchen
bissig
blass, bisher: blaß
Boss, bisher: Boß
Brüssel
Bussard
Chaussee
Croissant
dasselbe
deklassieren
Delikatessen
demgemäss, bisher: demgemäß
Depression
dessen (seines)

Dessert
Dessous (Wäsche)
Diakonisse
diesseitig
Diskussion
Dissonanz
Dressur
Drossel
durchlässig
Durchmesser
durchnässt, bisher : durchnäßt
Dussel
Einfluss, bisher: Einfluß
Einlass
Emission
Engpass
entlassen
entschlossen
erfassen
erlassen
erpressen
erstklassig
essen
Essenz
Essig
Esslöffel
Expresser
Fass, bisher: Faß
Fassade
fassbar
fassen
Fassung
fesseln
Fitness, bisher: Fitneß

ss

Flosse
Fluss, bisher: Fluß
Flüsse, flüssig
fokussieren
Fossilien
Fraktionssitzung
freilassen
fressen
frikassieren
fusselig
Gasse
Gefasst, bisher: gefaßt

ss gehässig

gelassen
gemessen
Genuss, bisher: Genuß
gepasst, bisher: gepaßt
Geschoss, bisher: Geschoß
gewiss, bisher: gewiß
gewusst, bisher: gewußt
Gewissen
Glossar
Gosse
grässlich, bisher: gräßlich
Grimasse
Gussform, bisher: Gussform
Hass, bisher: Haß
hässlich
Hornisse
Hostessen
Imbiss, bisher: Imbiß
infolgedessen
Insasse
interessant

Karussell
Kassandra
Kasse
Kassette
Kessel
Kissen
Klasse
Kokosnuss, bisher: Kokosnuß
kolossal
Kommissar
Kompass, bisher: Kompaß
Kompression
Kompromiss
Konfession
Kongress
Konzession
krass
Kresse
Kuss, bisher: Kuß
Küsschen
Küsse
lassen
lässig
Lasso
Mantisse
Massaker
Masse
Masseur
massig
Melissa
messbar, bisher: meßbar
Messias
Messing
Mikroprozessor

ss ■

missachten, bisher: mißachten
Missbilligung, bisher: Mißbilligung
Missbrauch, bisher: Mißbrauch
Missetäter
Missfallen, bisher: mißfallen
Missionar
Missklang, bisher: Mißklang
Misstrauen, bisher: Mißtrauen
Missverständnis, bisher: Mißverständnis
Mitesser
Mitwisser
ss Muskatnuss, bisher: Muskatnuß
nachlassen, nachlässig
Narzisse
nass, bisher: naß
Nässe
Nessel
Nimbusse
Nuss
Opossum
Pass
Passagier
Passant
passend
passieren
passiv
Passwort
Pessimismus
Posse
prasseln
pressen
Pressluft, bisher: Preßluft
Prinzessin
Professor

Prozess, bisher: Prozeß
prozessieren
Pulsschlag
Quintessenz
rassig
Rassist
Renaissance
repressiv
Rezession
Riss, bisher: Riß
Ross, bisher: Roß
Russe,(Russland)
Rüssel
Schloss
Schluss, bisher: Schluß
Schlüssel, schlüssig
Schuss, bisher: Schuß
Schüsse
Schweiß
Sessel
sesshaft, bisher: seßhaft
Sezession
Spross, bisher: Sproß
stattdessen
Stauwasser
Stewardess, bisher: Stewardeß
stressen, bisher: streßen
sukzessiv
Tässchen, Tasse
Tausendfüssler
Terrasse
Trasse
Trosse
Trugschluss, bisher: Trugschluß

SS ■

Überfluss, bisher: Überfluß
Umriss, bisher: Umriß
unerlässlich
unermesslich
unpässlich
unterbewusst, bisher: unterbewußt
unterdessen
unterlassen
Untertasse
unverbesserlich
unzulässig
veranlassen
ss verbessern
Verbissenheit
verdrossen
Verfasser
vergessen
vergesslich, bisher : vergeßlich
Vergissmeinnicht, bisher :Vergißmeinnicht
verhasst, bisher : verhaßt
verlassen
vermasseln
vermessen
vernachlässigen
verpassen
verprassen
Versäumnisse
verwässern
Vielfrass, bisher : Vielfraß
voraussagen
voraussetzen
Voraussicht, voraussichtlich
vorherwissen
Walnuss, bisher : Walnuß

Walross, bisher : Walroß
Wasser, wässerig
Wasserstoff
Weissager
wessen
wissen
Wissenschaft
wissentlich
Wurfgeschoss, bisher : Wurfgeschoß
zerfressen
Zerrissenheit
Zession
Zufluss, bisher : Zufluß
zulässig, Zulassung
zuverlässig
Zypresse

tt

Ende **ss**

Beginn **tt**

Abgott
Abschnitt
adrett
Amulett
anstatt
anzetteln
Attest
Attrappe

Audiokassette
ausrotten
Ausschnitt
ausstatten
Baguette
Bajonett
Ballett
Bankett
bankrott
Batterie
begatten
Beizmittel
Bett

tt betteln
bigott
Bitte
bitter
Blatt
Boykott
Brett
brünett
brutto
Butter
Debatte
Dilettant
Diskette
Dublette
Durchschnitt
Einschnitt
entblättern
enttäuschen
Erbitterung
ermatten
ermitteln

Erretter
erschüttern
Etiketten
Facette
Festplatte
Fett
flattern
Flittchen
Flitterwochen
Florettfechter
flott
fortgeschritten
Foxtrott
Fregatte
frittieren
frottieren
Futter
füttern
Gaststätte
Gebärmutter
Gettos
Gewitter
Gitter
glatt
Gott
Grotte
Hagebutte
hatte
Heilbutt
Hütte
inmitten
Kabarett
Kabinett
Kadett

tt ■

kaputt
Karotte
Kassette
Kastagnette
Kattegat
Kette
Kitt
Klarinette
Klette
klettern
knittern
kokett
Konfetti

tt
Korsetts
Krawatte
Latte
Lotterie
Lotto
Manhattan
Manschetten
Marionette
Maskottchen
Matte
Mattscheibe
Meerrettich
Menuett
Merkblatt
Minarett
Mittag
Mittel
mittelbar
mittellos
Mittwoch
Motte

Mutter
Nachmittag
Natter
nett
Nutte
Omelette
Operette
Otter
Paletten
Parkett
Pinzette
Pirouette
Platte
Quartett
Quintett
quitt, Quittung
Rabatt
Ratte
rattern
Regatta
retten
Rettich
Ritt
Ritter
Rotte
Roulette
Rückschritt
Rücktritt
rütteln
Sattel
sättigen
Schafott
Schatten
Schlitten

tt ■

schlottern
Schmetterling
schnattern
Schnittlauch
Schott
Schotte
Schritt
Schrott
Schutt
schütteln
Servietten
Sextett
Sitte

tt Sittich

Skelett
Sonett
Spagetti
Spinett
Splitter
Spott
spöttisch
Sprotte
stattdessen
stattlich
Steinbutt
Stiefmutter
Stilett
stottern
strittig
Tablett
Toilette
Tritt
Trittbrett
Trott

Trottel
ultraviolett
umstritten
unmittelbar
verbittert
vergittert
vergöttern
verketten
vermitteln
verschrotten
verschütten
verspotten
verwittern
Vignetten
violett
Vormittag
Watt
Wellensittiche
Werkstatt
Wettbewerb
Wette
Wetter
wittern
Witterung
zerrütten
Zettel
Zigarette
zittern
zotteln
Zwitter

tt

Ende   **<u>tt</u>**

abschließen
Abstoß
Adreßbuch, neu: Adressbuch
Amboß, neu: Amboss
anmaßend
Anstoß
aß
Aufguß, neu: Aufguss
aufschließen
Ausgestoßener
Ausmaß

ß

Ausreißer
Ausschuß, neu: Ausschuss
außen
Außenseite
außerdem
äußerlich
äußerst
außerordentlich
Äußerung
barfuß
Baß, neu: Bass
begrüßen
beißen
beließ
Beschuß, neu: Beschuss
bewußt, neu: bewusst
Biß, neu: Biss
bisschen, neu: bisschen
bloß
büßen

demgemäß, neu: demgemäss
dermaßen
draußen
dreißig
durchnäßt, neu: durchnässt
Einfluß, neu: Einfluss
einschließen
Eiweiß
entblößen
Faß, neu: Fass
Fitneß, neu: Fitness
Fleiß
fließen
Fluß, neu: Fluss
Fuß
Gauß
Gefäß
gefräßig
gemäß
genießbar
Genuß, neu: Genuss
Gesäß
Geschoß, neu: Geschoss
Gewiß, neu: gewiss
gewußt, neu: gewusst
gießen
gräßlich, neu: grässlich
Grieß
groß, größer
großzügig
Gruß
Gußform, neu: Gussform
Haß, neu: Hass
hässlich, neu: häßlich

ß

heiß
hinreißen
Imbiß, neu: Imbiss
Kokosnuß, neu: Kokosnuss
Kompaß, neu: Kompass
Kuß, neu: Kuss
ließ nach
Maßeinheit
mäßig
Maßstab
Meißel
Milchstraße
mißachten, neu: missachten
Mißbilligung, neu: Missbilligung
ß Mißbrauch, neu: Missbrauch
mißfallen, neu: missfallen
Mißklang, neu: Missklang
Mißtrauen, neu: Misstrauen
Mißverständnis, neu: Missverständnis
Muskatnuß, neu: Muskatnuss
Muße
naß, neu: nass
Preßluft, neu: Pressluft
Preuße
Prozeß, neu: Prozess
reißen
Riß, neu: Riss
Roß, neu: Ross
Scheiße
scheußlich
schießen
schließen
schließlich
Schluß, neu: Schluss

schmeißen
Schuß, neu: Schuss
Schweiß
serienmäßig
sesshaft, neu: sesshaft
Soße
Spaß
spießen
spleißen
sprießen
Steißbein
Stewardeß, neu: Stewardess
Stoßdämpfer
Stößel
stoßen
Straße
Strauß
streßen, neu: stressen
süß
Trugschluß, neu: Trugschluss
Überfluß, neu: Überfluss
Übermaß
Umriß, neu: Umriss
Unterbewußt, neu: unterbewusst
veräußern
verdrießlich
vergaß
vergeßlich, neu: vergesslich
vergießen
Vergißmeinnicht, neu: Vergissmeinnicht
verhaßt, neu: verhasst
verließ
verrußt
verstoßen

ß

versüßen
Vielfraß, neu: Vielfrass
Walnuß, neu: Walnuss
Walroß, neu: Walross
weiß
Windstoß
Wurfgeschoß, neu: Wurfgeschoss
zerreißen
Zufluß, neu: Zufluss
Zusammenstoß
zweckmäßig
Zweifüßer

Ende **ß**

ä

Beginn **ä**

abhängig
abwägen
abwärts
ächten
äffen
ähnlich
allmählich
alltäglich
Anämie
Anästhesie
ändern
Anfänger

anhäufen
Anlässe
ansässig
Antiquität
Anträge
Anwärter
Äpfel
Aquädukt
äquatorial
Archäologe
ärgern
ärmer
Atmosphäre
ätsch
ätzen
auffällig
aufsässig
aufwärts
Ausländer
äußerlich
äußerst
auswärts
Autorität
Bäcker
Bälle
Banalität
Bänder
bändigen
Bänke
Bär
Bässe
Bäuchlein
baufällig
Bäume

ä

beeinträchtigen
befähigen
Behälter
belämmert
belästigen
besänftigen
beschäftigen
beschämen
beschränken
beständig
bestätigen
Bestialität
betätigen
betäuben
bevollmächtigt

ä binär
Biosphäre
Blähen
blättern
bräunt
Bräutigam
Briefträger
Brutalität
dämlich
dämmen
Dämmerung
Dämon
Dänemark
demgemäss
demnächst
Diät
disziplinär
Domäne
drängen

Draufgänger
durchlässig
durchnässt
eigenhändig
einäugig
einbläuen
eindämmen
einjährig
Einschränkung
elitär
entschädigen
enttäuschen
Enzyklopädie
erbärmlich
ergänzen
erläutern
ernähren
erwägen
erwähnen
erwärmte
erzählen
Eventualität
fädeln
Fäden
fähig
fällig
fälschen
fändest (finden)
färben
Fläche
Flexibilität
Formalität
Fräulein
Frigidität

ä ■

Gähnen
Gämse, bisher: Gemse
Gänge
Gärtner
Gärung
Gaststätte
Gebärmutter
Gebäude
Gebläse
gebräunt
Gedächtnis
gedämpft
Gedränge
gefährlich
Gefährte
ä gefällig
Gefängnis
Gefäß
gefräßig
gegenwärtig
gehässig
Gehäuse
Gelächter
gelähmt
Gelände
geläufig
gemächlich
Gemälde
gemäß
Genialität
geographische Länge
Gepäck
Gerät
geräumig

Geräusch
Gesäß
Geschäft
Geschwätz
Gespräch
Geständnis
Getränk
gewähren
Gezänk
Gläubige
Gräber
Gräser
grässlich
Gräuel
gräulich
griesgrämig
Gynäkologe
Häftling
häkeln
Hälfte
hämisch
hämmern
Hämoglobin
Hämorrhoiden
Händedruck
Händler
hängen
Hänselei
Härte
hartnäckig
hässlich
hätscheln
häufig
hauptsächlich

ä ■

Häuser
häuslich
Häute
heimwärts
Holländer
Holzfäller
Humanität
Hyäne
Identität
Immunität
Imprägnierung
Individualität
inständig
Integrität
Intensität

ä Intimität
Invalidität
Ionosphäre
Jäger
jährlich
Jähzorn
jäten
Jubiläum
Käfer
Käfig
Kälber
Kälte
Kämme
kämpfen
Känguru
Kapazität
Kapitän
Käse
Kästchen

Käufer
käuflich
Kirchgänger
kläffen
Kläger
klären
Kontinuität
Kräche
krächzen
kräftig
Krähe
Krämer
kränken
Kriminalität
Kuriosität
lächeln
lähmen
Länder
Länge
Lärm
lässig
lästig
Läufe
Läufer
Läuse
läuten
Legalität
Legionär
Leukämie
Liquidität
Mächte
mächtig
Mädchen
mähen

ä

Mähnen
Majestät
männlich
Märchen
Märsche
mäßig
mästen
Mätzchen
Mentalität
Migräne
Militär
Millionär
Missetäter
Missverständnis
Modalität
Modernität
Molybdän
monetär
nachäffen
nachlässig
nächste
nächtlich
Nähe, näher
nähen
Nährstoff
nämlich
Nässe
Nervosität
Niederträchtigkeit
Normalität
Obszönität
Orthopädie
Päckchen
Pädagoge

ä

Paläontologe
Päpste, päpstlich
Parität
partikulär
Pässe
Periodizität
pfählen
pfänden, Pfändung
phänomenal
Pharisäer
Pietät
plädieren
Polarität
Popularität
Porträt
Prädestination
prägen
Prälat
Prämie
Präparator
präpositional
Prärien
präsentieren
Präsident
Prävention
Präzedenz
prekär
quälen
Qualität
Quäntchen, bisher: Quentchen
Quarantäne
Rächer
Rädelsführer
Rätsel

ä ■

räumlich
Realität
rechtmäßig
Relativität
rückwärts
rudimentär
Rumäne
Säbel
sächlich
säen
Säge
säkularisieren
sämtlich
Sänger
sanitär

ä

sättigen
säubern
säuerlich
Säufer
säugen ,Säugling
Säule
Säure
schäbig
Schädel
schädigen
schäkern
schälen
schämen
schändlich
Schärfe
Schärpe
Schätze
schätzen
Schimäre

Schläfe
schläfrig
Schläger
schmähen
schräg
schränkt ein
Schwäche
Schwärze
Schwätzer
seitwärts
Sekretär
Senilität
serienmäßig
Sexualität
Skarabäus
Skiläufer
Solidarität
Solidität
Souveränität
spähen
später
Spaziergänger
Sphäre
Stäbe
stählern
stämmig
ständig
stänkern
stärken
Sterilität
Stoßdämpfer
Sträfling
Strähne
Stratosphäre

ä ■

sträuben
Sträucher
Täfelung
täglich
Tässchen (Tasse)
Täter
tätowieren
Täufer
täuschen
Teddybär
Tertiär
totalitär
träge
Träger
Trägheit
trällern
Träne
träumen
Träumerei
Trophäe
Umständlich
unerlässlich
unfähig
Universität
unpässlich
Unterhändler
unwägbar
ursächlich
väterlich
verächtlich
verästeln
veräußern
verdächtig
verfänglich

ä

vergällen
vergänglich
Verhältnis
Verhängnis
verlängern
verlässlich
verläuft
vermählen
Verräter
versäumen
Versäumnisse
verspäten
verständlich
verträglich
Verträglichkeit
verwässern
Veterinär
vielfältig
Visionär
Vitalität
vollständig
Vorfälle
vorläufig
vorsätzlich
vorwärts
vulgär
Wächter
wägbar
wählen
während
Währung
Walfänger
wälzen
wärmen

ä

Wärter
Wäsche
wässrig
weitläufig
westwärts
wiederkäuen
willfährig
Zähigkeit
zählen
zähmen
Zähne
zärtlich
Zäune
Zerstäuber
zufällig
zugänglich

ai Zuhälter
zulässig
zurechnungsfähig
zusätzlich
zuverlässig
Zwangsläufigkeit
zweckmäßig

Ende **ä**

Beginn **ai**

archaisch
Bataillon

Bonsai
Cocktail
detailliert
Details
Eclair
emailliert
fair
Flair
Hai
Kaianlage
Kairo
Kaiser
Laie
Lakai
Mai
Maismehl
Mayonnaise
Medaille
Mosaik
naiv
Refrain
Renaissance
Saison
Saite
Taifun
Taille
Training
Ukrainer
unfair
verwaist
voltaisch
Waise

ai ■

Ende   **ai**

Beginn **ck**

Acker
Artischocke
Augenblick
Backe
backen
Baracke
barock
Becken
bedecken
Besteck
Blackouts
Blick
Block
Bock
Brocken
Brücke
Buckel
bücken
Cockpits
Cocktail
Comeback
Dackel
Decke
Deckel
decken
dick
Dickicht
Dock
Dreck
Dreieck

ck

Druck
drucken
drücken
Ecke
Eierstock
entdecken
entzückend
ersticken
Fackel
flackern
Fleck
flicken
Flocke
Focksegel
gackern
Gepäck
Geschick
Geschmack
Glocke

ck ■

Glück
glucksen
gucken
Hacke
hartnäckig
Hecke
Heuschrecke
Hinblick
hocken
Jacke
jucken
Jutesack
keck
klecksen
knacken

Knicks
Krücke
Kuckuck
Lack
Leck
lecken
Locke
locken
locker
Lücke
meckern
Minirock
Nacken
Nacktheit
necken
Nickel
nicken
Ocker

ck Päckchen
packen
Perücke
Pflock
pflücken
Pickel
Picknick
Plackerei
Playback
Pocken
prickeln
Quecksilber
Rechteck
Röckchen
Ruck
Rückblick

rücken
Rückfall
Rucksack
Rückseite
Sack
Scheck
schick
schicken
Schicksal
schlackern
Schluck
schmecken
Schmuck
Schnecke
Schock
Schreck
sickern
Socke
Sockel

ck

Speck
spicken
spucken
stecken
sticken
Stickstoff
Stock
stracks
Strecke
stricken
Stück
Tick
Treck
Trick
trocken

Tücke
verzücken
Verzwicktheit
wackeln
wecken
wickeln
Wrack
Zacke
Zickzack
zucken
Zucker
zurück
Zweck
zwicken
Zwieback

Ende **ck**

ck

Beginn   **<u>dt</u>**

Abgesandter
angewandt
Beredtheit
Bestandteil
Gesandte
gewandt
Handtasche
Handtuch
Hauptstadt
leidtragend
leidtuen (bemitleiden)
Stadt
unverwandt
Verwandte
Vorstadt

Ende   **<u>dt</u>**

dt ■

Abessinien
Abschied
Abstieg
addieren
adoptieren
adsorbieren
agieren
agitieren
Akademie
Akazie
akklimatisieren
akkreditieren
aktivieren
akzeptieren
Algier
Allergie
Ambiente
ie Amnestie
amortisieren
Amphibie
amputieren
amtieren
Anämie
Anarchie
Anästhesie
Anatomie
Anlieger
annektieren
annullieren
Antinomie
Antipathie

Antrieb
anziehen
appellieren
applaudieren
Argentinien
argumentieren
Arie
arrangieren
Arterie
artikulieren
Artillerie
Asien
Audienz
Aufstieg
Aufwiegelung
Australier
Autobiographie
autorisierte
Bakterie
balancieren
Bankier
Barrieren
basieren
Batterie
bedienen
befreien
befriedigen
Begierde
Beispiel
Belgien
Betrieb
Beziehung
biegen
Bienen

ie ■

Bier
Biest
bieten
Bigamie
Biochemie
Biologie
Bolivien
bombardieren
borniert
Brasilien
Brevier
Brief
Britannien
buchstabieren
Bulgarien
Bürokratie
Chemie
chiffrieren
Dahlie
datieren

ie
definieren
deflorieren
degradieren
deklassieren
deklinieren
Delirien
demoralisieren
denunzieren
deponieren
deputiert
Dermatologie
desillusionieren
desinfizieren
desodorierend

detailliert
dezimieren
Dieb
die, diese, diejenigen
Diele
Dielektrikum
Diener, Dienst
diesig
diesseitig
differenzieren
Dinosaurier
Disharmonie
Diskriminierung
distanzieren
dividieren
dominieren
Dosierung
dotieren
drapieren
Dreieck
duplizieren

ie █

Dynastie
Eier
eloxieren
emailliert
Energie
engagieren
Enzyklopädie
Epilepsie
Erfrierung
Ergonomie
erliegen
eskortieren
Euphorie

evakuieren
experimentieren
explodieren
extrahieren
fabrizieren
Familie
Fantasie
faszinieren
Feier
Ferien
Fieber
fiedeln
fiel hin
figurieren
filtrieren
finanziell
Finanzierung
Fixierung
Flieder
fliegen

ie fliehen

fließen
florieren
fluoreszieren
fokussieren
formalisieren
Formatierung
formulieren
Forsythie
Fossilien
frankiert
fraternisieren
frequentieren
Frieden

frieren
Friese
frikassieren
frittieren
frottieren
fundiert
Gabriel
Galerie
Galvanisierung
Garantie
garnieren
Gastronomie
Gebiet
Gedenkfeier
Gefieder
Geier
Geliebte
genießbar
Genitalien
Geometrie
geschieden
Getriebe
Giebel
gierig
gießen
Glied
gliedern
Grieche
griesgrämig
Grieß
Groupies
halbieren
hantieren
Harmonie

ie ■

Hieb
hier
hierarchisch
Hippie
Holographie
Homöopathie
hydrieren
Hysterie
Illustrierte
imponieren
Imprägnierung
Indien
Industrie
Infanterie
infizieren
Ingenieur
inhalieren
inserieren
Insignien
installieren

ie instruieren
Inszenierung
Interieur
Internierung
interpretieren
Interview
investieren
Ironie
irritieren
Italiener
jonglieren
jubilieren
Junkies
Juwelier

kalibrieren
Kalifornien
Kalorie
Kanarienvogel
kapitulieren
karieren
Karies
karikieren
Karriere
kasernieren
Kassierer
Kastanie
Kategorie
Kaukasier
Kiebitz
Kiefer
Kiel
Kieme
Kies
Kiesel
Kinematographie
klassifiziert
Klavier
Kleie
Klient
Knie
Koeffizient
kollidieren
Kolonie
Kolumbien
kommerziell
kommunizieren
kompliziert
komponieren

ie ∎

komprimieren
konditionieren
konfiszieren
konfrontieren
konspirieren
konstruieren
konsultieren
Kopie
korrigieren
kriechen
Krieg
Kriterien
kritisieren
kulminieren
kultiviert
Laie
lancieren
langwierig
legieren
Leier

ie Lethargie
Leukämie
Liebe
Lied
liederlich
Lieferant
liefern
liegen
ließ nach
liest falsch
Lilie
limitiert
Linie
liniert

Lithographien
Liturgie
logieren
Lotterie
Magie
Magnolie
Makedonier
Malaysier
Manie
Manieren
manövrieren
Marienkäfer
markieren
Mastvieh
Materie, materiell
Medienverbund
Melanc8holie
Melodie
Menagerie
Metallurgie
Meteorologie
Mieder
Miene
Miesmacher
Miete
Mieze
Mikrobiologie
Milieus
Mineralien
Mitglied
Mitspieler
Monarchie
multiplizieren
Nagetier

ie

Neugierde
Neuralgie
nie
Niederlage
Niederträchtigkeit
niedlich
niedrig
niemand
Niere
nieseln
Niete
Nostalgie
nummerieren
offiziell
Offizier
Ökologie
organisieren
Orgie
orientalisch
orientieren

ie Orthopädie
oxydiert
Papier
paradieren
Paradies
Parapsychologie
parieren
Parodie
Passagier
passieren
pasteurisieren
Patienten
pensioniert
Perfidie

Peripherie
Persien
pervertiert
Petersilie
Phantasie
Phobie
Phönizier
Photographie
Photokopie
piepsen
Pietät
Pionier
Pistazie
plädieren
planiert
Poesie
polarisieren
polieren
polymerisieren
Polynesien
portugiesisch
posiert
postulieren
potentiell
Prämie
Prärie
präsentieren
Premiere
Priester
privilegiert
proklamieren
promovieren
proportionieren
protegieren

ie ■

prozessieren
Psychologie
publizieren
pulsieren
Quantifizierung
Quartier
quietschen
Quotient
Radien
Radiergummi
Raffinerie
randalieren
rangieren
Rapier
rasieren
rationalisieren
reagieren
reaktivieren
realisieren
reduzieren

ie regenerieren
regierbar
Regierung
Regulierung
rekapitulieren
reklamieren
rekonstruieren
relegieren
Reliefarbeit
renovieren
reparieren
requirieren
reservieren
respektiert

retuschieren
revidieren
Rhapsodie
riechen
riegeln
Riemen
Riese
riskieren
ritualisieren
rotieren
säkularisieren
salutieren
Sanatorien
sanieren
saturieren
Saurier
Scharniere
schattieren
Schauspiel
schieben
Schiedsrichter
schief
Schiefer
schielen
Schienbein
Schiene
schießen
Schleier
Schlesier
schlief
schließen
schließlich
Schmiede
schmieren

ie ■

schneien
schniegeln
Schraffierung
schreien
schrie
Schwiegervater
Schwiele
schwierig
Sellerie
sensibilisieren
sequentiell
serienmäßig
servieren
Servietten
sezieren
Sibirien
Sie (weiblich)
Sieb
siedeln
sieden

ie Sieg, siegen
siehe
simplifizieren
simulieren
Sinfonie
Sodomie
sortieren
Spalier
Spanien
Spaziergänger
spezialisieren
Spiegel
Spiel
spielen

spießen
sprießen
Stadien
stagnieren
standardisieren
stationieren
Stiefbruder
Stiefel
Stiefmutter
stiellos
Stier
stilisieren
Strategie
striegeln
sublimieren
subtrahieren
summieren
suspendieren
Symmetrie
Sympathie
Szenerie

ie

tarieren
tätowieren
temperieren
Terminologie
Terrier
terrorisieren
Theologie
Theorie
Therapie
tief
Tiegel
Tier
titulieren

Tragödie
Travestie
Triebwerk
triefen
Trigonometrie
Trilogie
Turnier
tyrannisieren
überdies
Ungeziefer
Utopie
variieren
Vegetarier
verbarrikadieren
verbieten
verdienen
verdrießlich
vergießen
verliebt
verlieren

ie Verlies
verließ
vermieten
verschieden
verschleiern
verschwiegen
vibrieren
Vieh
viel
Vieleck
vielleicht
vier
Viertel
vorwiegend

wie
wieder, wiederholen
Wiege
wiehern
Wiese
zelebrieren
zensieren
Zeremonie
Ziege
Ziegel
ziehen
Ziehharmonika
Ziel
ziemlich
Zierde, zieren, zierlich, Zierrat
zitieren
zufrieden
Zwieback
Zwiebel
Zwielicht
zwiespaltig

Ende **ie**

ou

Beginn **ou**

Allround
Blackout
Boutique
Bravour
Gouvernante
Groupie

Journal
Limousine
Melbourne
Ouvertüre
Patrouille
Penthouse
Pirouette
Ragout
Rendezvous
Rouge
Roulette
Routine
Souffleur
Souvenir
Souveränität
Toupet
Tourist
Troubadour
Velours

Ende **ou**

■ pf

Beginn **pf**

Äpfel
Apfelsinen
bekämpfen
Beschimpfung
Dampf
Eintopf
empfangen
Empfehlung

empfindlich
erschöpfen
Fortpflanzung
Friedenspfeife
gedämpft
gepfeffert
gepflegt
Gipfel
Granatäpfel
hüpfen
impfen
Kampf
Kämpfer
Karpfen
klopfen
Knopf
knüpfen
Kopf
Krampf
Kropf
Kupfer
Opfer
pfählen
pflanzen
pflegen
Pflicht
Pflock
pflücken
Pflug
pflügen
Pforte
Pförtner
Pfosten
Pfote

pf ■

Pfropf
Pfründe
Pfuhl
Pfund
Pfusch
Pfütze
Rumpf
schimpfen
schlüpfen
schnupfen
Schopf
Schöpfer
schröpfen
schrumpfen
stampfen
stapfen
Stoßdämpfer
Strumpfband
stumpf
Sumpf
tapfer
Tautropfen
Tippfehler

pf Topf
Töpfer
tröpfeln
tropfen
Trumpf
verpfänden
Verpflegung
verpflichten
verpfuschen
verschnupft
verstopfen

verunglimpfen
Wettkampf
Wipfel
Zapfen
Zopf
zupfen

Ende **pf**

Beginn **qu**

Antiquität
Aqua-dukt,-marin,-rium
Äquator
bequem
Boutique
Clique
Delinquent
Disqualifikation
eloquent
Frequenz
Kaulquappen
Konsequenz
Liquidation
Marquis
Quacksalber
Quadrat
Quadriga
Quadro
quaken
Qual
quälen

qu

Qualität
Qualle
Qualvoll
Quäntchen, bisher: Quentchen
Quantität
Quantum
Quappe
Quarantäne
Quark
Quartal
Quartett
Quartier
Quarz
Quasar
quasi
Quaste
Quatsch
Quecksilber
Queen
Quelle
quellen
quengeln
queren
Querschnitt
qu Querulant
quetschen
Queue (Billard)
Quichotte, Don
Quickie
quieksen
quietschen
Quinte
Quintett
Quirl

quittieren
Quiz
Quote
Quotient
requirieren
sequentiell

Ende **qu**

Beginn **tz**

Absatz
achtzig
Antlitz
ätzen
Aufsatz
ausnutzen
aussetzen
Bausatz
Beisetzung
benutzen
Besatz
Besitz
Blitz
Dutzend
Einsatz
Entsetzen
Fetzen
flitzen
Funknetz
Gegensatz
Geschwätz

tz ■

Gesetze
glitzern
glotzen
Götzen
hetzen
Hitze
jetzt
Kätzchen
Katze
Ketzer
Kiebitz
Kilohertz
Klotz
kratzen
kritzeln
Lakritzen
Latz
letzter
Matratze
Mätzchen
Megahertz
Metzger
Mieze
Mütze
Netz

tz nutzen
patzen
Pfütze
Platz
platzieren, bisher: plazieren
plötzlich
protzen
Putz, putzen
Ritze

Satz
Schatz
schätzen
Schlitz
Schmarotzer
schmatzen
Schmutz
Schnitzel
Schutz
Schütze
schwatzen
schwitzen
setzen, sitzen
Spatz
spitz
spritzen
stibitzen
strotzen
stützen
Trotz
trotzdem
Umsatz
Umweltschutz
unnütz
unterschätzen
verletzen
verpatzen
Vorsatz
wetzen
Witz, witzig
zuletzt
Zusatz

tz ■

Ende   **tz**

Acryl
Aerodynamik
Ägypten
Akronym
Amethyst
Analyse
Analytiker
Androgynie
anonym
Apokalypse
Assyrer
Astrophysik
Asyl
asymmetrisch
Asymptote
asynchron
atypisch
Baby
Bayern
bayrisch
Biophysik
Boykott
Brandy
Brooklyn
Byte
Calypsos
Chrysantheme
Copyright
Cowboy

y

dehydrieren
Derby
Dialyse
Dioxyd
Dynamik
Dynamit
Dynastie
Enzyklopädie
fiftyfifty
Formaldehyd
Forsythie
Foyers
Gymnastik
Gynäkologe
Hobby
Hyäne
Hyazinthe
Hybris
Hydrant
Hydraulik
hygienisch
Hymne
Hyperbel
Hypnose
Hypotenuse
Hypothek
Hysterie
idyllisch
Jurys
katalytisch
Kilobyte
Krypta
Kybernetik
kyrillisch

y

Labyrinth
Leukozyt
Libyen
Lobby
loyal
Lymphe
lynchen
Malaysier
Mayonnaisen
Megabyte
Metaphysik
Methyl
Molybdän
Monoxyd
Mystik
Nitroglyzerin
Nylon
Nymphe
Ökosysteme
olympisch
Onyx
Oxyd
oxydiert
paralytisch
Parapsychologie
Physik
Playback
Polyester
polygam
polymerisieren
Polynesien
Ponys
Prototyp
pseudonym

y

psychedelisch
Psychen
Psychiater
Psychoanalyse
Psychose
Pyjama
Pyramide
Pyrotechnik
Pythonschlangen
Recycling
Rhythmen
Rowdy
Royalist
Sisyphus
stereotyp
Styropor
Syllogismen
symbiotisch
Symbolik
Symmetrie
Sympathie
sympathisch
symphonisch
symptomatisch
Synagoge
Synapse
synchron
Syndikat
Syndrom
Synode
syntaktisch
Synthese
Synthesizer
synthetisch

y

Syphilis
System
Teddybär
thermodynamisch
Thymian
Typ
typisch
Tyrann
Whisky
Zyan
Zyklus
Zylinder
Zyniker
Zypern
Zypresse

Ende   **y**

Beginn   **ah**

Abnahme
Ahle
ahnen
Ahorn
Annahme
Aufnahme
Ausnahme
Bahn
beinahe
bejahen
bestrahlen
bewahren

ah..

Brahmane
Dahlie
Draht
Einfahrt
erfahren
erlahmen
extrahieren
Fahnen
fahren
Fahrer
Festnahme
Gefahr
Hahn
Jahr
kahl
Kahn
lahm
mahlen, Mühle
Mahlzeit
mahnen
nachahmen
nahe
Nahkampf
Nahrhaft, Nahrung
Naht
Pfahl
Prahler
Rahmen
Sahne
Stahl
strahlen
Strahlung
Subtrahend, subtrahieren
Übernahmen

ah,äh■

Verfahren
Verwahrung
Wahl
Wahn
Wahrheit
Wahrnehmung
wahrscheinlich
Wiederwahl
Zahl
Zahlen, Zahlung
zahm
Zahn

Ende **ah**

Beginn **äh**

ähnlich
allmählich
arbeitsfähig
blähen
einjährig
ernähren
erwähnen
erzählen
fähig
■**ah..**fortwährend
gähnen
gefährlich
Gefährte
gelähmt
gemäht

genäht
geschähe, es
gewähren
jährlich
Jähzorn
Krähe
lähmen
mähen
Mähnen
Nähe
nähen
näher
Nährstoff
pfählen
schmähen
spähen
stählern
Strähne
unfähig
vermählen
vernähen
wählen
während
Währung
willfährig
Zähigkeit
zählen
Zähler
zähmbar
Zähne

ah,äh

Ende **äh**

ablehnen
Abnehmer
Abwehr
Achillessehne
Angehörige
angenehm
angesehen
annehmbar
Annehmlichkeit
ansehnlich
anstehen
anziehen
auflehnen
Aufseher
aufziehen
beehren
Befehl
Behagen
behavioristisch
bekehren
Belehrung
benehmen
besteht aus
Beziehung
dehnen
dehydrieren

eh drehen
Ehe
ehemals
eher
Ehre

ehrlich
Ehrung
eingehen
Empfehlung
entbehrlich
erziehen
Fehde
fehlen
Fehler
Feuerwehr
flehen
fliehen
Formaldehyd
gehen
Gehorsam
Gehweg
gelehrt
Genehmigung
geschehen
Gewehr
Heimweh
Kehle
kehren
Kehrtwendungen
Lehen
Lehm
lehnen
Lehrbuch, Lehrer
Mehl
mehr
nehmen
Reh
Seehund
sehen

eh ■

Sehne
Sehnsucht
sehr
siehe
stehen
stehlen
Ungeheuer
Unternehmer
unwiderstehlich
Vehikel
Verehrer
Vergehen
Verkehr
verkehrt
verzehren
Vieh
Vorbehalt
vorhergehen
Vorkehrung
vornehm
Wahrnehmung
Weh
wehen
wehleidig
Wehrlosigkeit
wiederkehren
wiehern
Zehe
zehn
zehren
ziehen
Zubehör

eh

Ende   **eh**

Beginn **ih**

Anleihe
Beihilfe
einreihen
einweihen
Freiheit
gedeihen
leihen
Reihe
Verleiher
verzeihen
Weihnacht
Weihrauch

Ende **ih**

Beginn **ieh**

anziehen
Beziehung
Einziehen, erziehen
fliehen
geschieht, es
Mastvieh
siehe
Vieh
Vollziehen, vorziehen
wiehern
ziehen, Ziehharmonika
zurückziehen

ih,ieh■

Ende **ieh**

Beginn **oh**

Alkohol
Argwohn
bedrohen
belohnen
besohlen
bewohnen
Bohle
Bohnen
bohren
Dohle
drohen
Einwohner
Floh
Fohlen
froh
gestohlen
Hoheiten
Hohepriester
hohl
Hohn
Hörrohr
Johannisbeere
Kilohertz
Kohl
Kohle
Kohlenstoff
Lohn
Mohnblume
Mohr
Mohrrübe
obwohl

oh,.

ohne
Ohnmacht
Ohr
Roh, Rohheit
Rohr
Sohlen
Sohn
Sojabohne
Stroh
unwohl
verkohlen
verstohlen
woher
wohin
Wohlbehagen
wohlgeformt
wohnen, Wohnung

Ende **oh**

Beginn **öh**

dröhnen
erhöhen
Föhn
fröhlich
gewöhnen
Höhe, höher
Höhle
höhnen, verhöhnen
stöhnen
versöhnen
verwöhnen

oh,öh ∎

Ende **öh**

Beginn **uh**

Ausfuhr
beruhigen
Einfuhr
Fahrstuhl
Huhn
Känguruh, neu: Känguru
Kuh
Kuhle
Neuheit
rauh ,neu: rau
Rebhuhn
Ruhe
Ruhm
Schuh
Stuhl
Truhe
Uhr
Unruhe
Zuhälter
Zuhörer

Ende **uh**

Beginn **üh**

Anführer
bemühen
berühmt
berühren
blühen

uh..

Brühe
Bühne
einfühlen
einführen
früher
frühzeitig
fühlbar
führen
Gebühr
Gefühl
glühen
Hühner
kühl
kühn
mühelos
Mühle
mühsam
Rädelsführer
rühren
sprühen
Sühne
verbrühen
verführen
Windmühle
Wühlen

Ende **üh**

uh,üh

Alphabet
Amphetamin
Amphibie
Amphore
aphoristisch
Apostroph
Asphalt
Astrophysik
Atmosphäre
Biographie
Biophysik
Biosphäre
Cellophan
Delphin
Euphorie
Fotograph
geographische Länge
Grammophon
Graphit
Graphologe
Holographie
Ionosphäre
Kartograph
Katastrophe
Kinematographie
Lithographien
Lymphe
Megaphon
Metamorphismus
Metapher
Metaphysik

ph,.

Morphium
Nymphe
Orpheus
orthographisch
peripher
Phallus
Phänomen
Phantasie
Pharao
Pharisäer
Pharmakologe
Phase
philatelistisch
Philippinen
Philologe
Philosoph
Phlegma
Phobie
Phoenix
Phonetik
Phönizier
Phosphor
Photographie
Phrase
Physik
Prophet
Saphir
Saxophon
schizophren
Sisyphus
Sphäre
Sphinx
Sterophonie
Stratosphäre

ph,th■

Strophen
symphonisch
Syphilis
topographisch
Triumph
Trophäe
Vibraphon

Ende **ph**

Beginn **th**

Algorithmen
Amethyst
Anästhesie
Anthrazit
Anthropologe
Antipathie
apathisch
Apotheke
Arithmetik
Arthritis
Ästhetik
Asthma
Atheismus
Athen
Äther
Athletik
Beredtheit
Bibliothek
Chrysantheme

ph,.

Diskothek
Erkenntnistheorie
Ethik
Exaktheit
Forsythie
Homöopathie
Hyazinthe
Hypothek
Isothermen
Kathedrale
Katheter
Kathode
Katholizismus
Labyrinth
Lethargie
Lithographien
Logarithmus
Luther
Marathonlauf
Mathematik
Menthol
Methadon
Methan
Methode
Methodist
Methusalem
Methyl
Monolith
Nathan
ornithologisch
orthodox
orthogonal
orthographisch
Orthopäde

ph,th

Pathologe
Penthouse
Prothese
Pythonschlangen
Rethorik
Rhythmen
sympathisch
Stethoskop
Sympathie
Synthese
Synthesizer
synthetisch
telepathisch
Theater, Theatralik
Thema
Theologie
Theorie
Therapeut, Therapie
Thermisch, Thermometer
thermodynamisch
Thesen
Thriller
Thrombose
Thron
Thunfisch
Thüringen
Thymian

Ende   **th**

ph,.